AF373756

Carne cruda
ENTRE MIS HUESOS

Aura Guerra-Artola

CARNE CRUDA ENTRE MIS HUESOS
de Aura Guerra Artola

Primera edición en formato electrónico e impreso:
PERIÓDICO POÉTICO, JULIO DE 2023
ISBN: 978-1-7774905-5-3
Segunda edición formato electrónico e impreso:
CETUS EDICIONES, DICIEMBRE DE 2024
ISBN: ISBN 978-1-7774905-6-0

D.R. 2024 Aura Guerra-Artola
D.R. Carne cruda entre mis huesos
Diseño de portada: CETUS Ediciones
Edición: CETUS Ediciones
Contacto: edicionescetus@gmail.com

Las características graficas son propiedad de
CETUS ediciones. Todos los derechos reservados.
Queda prohibida la reproducción, registro o transmisión,
total o parcial de esta obra por cualquier medio
o procedimiento, comprendidos la reprografía
y el tratamiento informático,
la fotocopia o la grabación sin la previa
autorización del autor.

Carne cruda
ENTRE MIS HUESOS

Aura Guerra-Artola

PRÓLOGO

"Carne Cruda Entre Mis Huesos", es un título con mucha presencia, evoca imágenes fuertes, y es el nombre dado puntualmente a una realidad desvestida. El cuerpo femenino y sus implicaciones se vuelve un escenario imporante, y es presentado aquí como símbolo de la lucha de las mujeres en un mundo que a menudo nos oprime y nos define según estándares de belleza y comportamiento impuestos.

Estrené los senos sin manual
de usuario
y bajo sentencia.
dejé de ser gente.
Me convertí en carne

Aura Guerra-Artola, autora de esta obra, es una escritora audaz, constante, que persevera, y su voz pronunciada a través de estas páginas, nos permite leer en su valentía.

Aborda desde su experiencia más íntima al escribir de amor y desamor, de vida y muerte, de sueños y pesadillas, sobre las luces y sombras de nuestra complejidad como seres sintientes. La honestidad de sus versos no choca sino desarma.

Que mis líneas sirvan de amable advertencia, pues "Carne Cruda Entre Mis Huesos", es una invitación a mirar hacia adentro, una travesía íntima y visceral.

*Perdoná, amiga, si nos obligaron a arrodillarnos frente
a la delgadez,
a entregarle las vísceras y también el alma que se exprime
como zumo de culpa por la garganta.
Perdoná, si debiste moldear la carne cruda entre tus huesos
y trasquilar la inocencia
hasta alcanzar hormas impuestas.*

Gaba Romualdo

*A las mujeres que son luz para otras,
a pesar de sus propias tinieblas.
A las que se levantan cada día y resisten el peso
de la existencia como un acto de amor a ellas
mismas. Esto es una ofrenda para las mujeres
que no lograron regresar a casa;
ellas ahora son las ascuas en la hoguera
de nuestra lucha por la libertad
de estereotipos, desigualdad y miedo.*

12

CIUDAD HERIDA

La ciudad está herida, sangra lágrimas
de niños asfalto, manos ladrillos,
ojos cartón, mendigos estatua de acera
que se descomponen agrios
entre pasos de los indiferentes.
El querer se vende barato en callejones
donde la inocencia deja su historia en los muros,
quizás un día alguna podrá pagar su fianza.
La ciudad es herida, salpica vidrios, los pisa,
sangra, grita, solloza, adormece. También
los pies que por ella andan hieren
—*personas lastimadas lastiman*—.
Dios es grafiti en una pared lesionada,
agrietado sobre un altar
de pintura desteñida. Es cansancio
íngrimo sollozo entre tanta gente.
El deber escurre por piernas jóvenes,
cierra los ojos,
así besará en otro planeta.
El amor busca nombre
mientras lame soledad prestada.

BUQUÉ

Él me llenó de ofrendas
de perdón marchito.
Vino con gerberas,
le abrí la puerta.
Trajo lilas, calló preguntas;
regaló lirios ansiosos de reencuentros
y rosas azules marcaron coloridas
la senda hacia mi lecho.
Hiló telarañas de ajenjos,
amordazó mi angustia con claveles,
alegró mi rictus de tristeza
con margaritas
y enterró su culpa bajo gardenias
donde también escondió el sol
para ignorar el amor
fermentado en los resquicios
de mi cintura.
Gladiolos revistieron el hedor de insultos frescos;
sus pétalos, llanto pesaroso sobre el pasto
empaparon las raíces de mis gritos.
Ahora el jardín delata
el perfume contrito de mi muerte.

15

SEÑOFOBIA

<blockquote>

"Es de cristal cortado mi sistema.
Soy ególatra, fría, tumultuosa."
Letanía de mis defectos/ Guadalupe Amor

</blockquote>

"Borre diez años",
leí frente a la clínica.
Borraban arrugas,
yo pensé en el tiempo.

Sobre una camilla
fui carne exhibida
tras cristal fracturado
con necesidad de arreglos.

El médico entonó
las letanías de todos mis defectos.
Ofreció domar el circo de la edad
con aguja y láser:
componer patas de gallo,
 venas de araña
 alas de murciélago,
 líneas de marioneta,
arrugas de conejo,
entre otros declives

que ofenden los ojos de la gente.

Para todo había
líquido,
 navaja,
 remiendo.

Pregunté si entre sus brebajes
tenía algo
para vaciar mis pupilas de espantos.
¿Tendría suficiente hilo para zurcir
la alegría que traigo rota?
¿Podría restaurar caricias gozadas?
¿Sanar las que han llagado
hasta dejar cicatrices?

El doctor insistió
revertir el tiempo
con aguijón de juventud.

¿Qué haría yo después sin mis errores?
Sin piel de naranja, cáscara abandonada
por huéspedes de mis muslos.
Sin enojos
vueltos grietas en los párpados,
sin enjambres de disculpas
anidando en mi cuello;
sin los puntos suspensivos de mi historia
ahora pecas en las manos.

Mordiscos de vida por todo
mi cuerpo.

Me levanté junto a mis años
y los llevé a casa.

No quiero expresión de maniquí
a retocar cada seis meses,
ni levantar senos que probaron
beso tierno de amamanto,
ni rellenar fisuras, ni olvidar caminos.

La perfección amordazaría
el grito que dibuja mi piel

La perfección amordazaría
el grito que dibuja mi piel
para salvarme
de precipicios antiguos
ya vencidos.

FATOFOBIA

I
Quitar al cuerpo lo que sobra,
como carne en la balanza.
Jamón, pechuga, culpa.
Filo que rompe.

Me quieren de negro,
luto en talla L, esconder mi piel,
masticarla,   escupirla.
Me quieren con hambre
y el plato vacío. Que pida perdón
antes de comer, purgar de mí el pecado
de las lonjas, del peso   fuera
de la *gracia divina.*

Ven piel, carne, grasa, no gente
me llaman gorda,
y nombran su cicatriz abierta,
objeto de consumo.

En mi barriga no crece un monstruo.
Cortáme y sangro.

II
Perder cinco kilos

es como perder a alguien
y dejarlo en el sitio exacto
del extravío.
Como el niño que espera
a su madre hasta encontrarla
en la multitud.

Así volvemos por lo perdido,
tras saltar para vaciarnos,
sin alcanzar nada,
tras correr y correr
sin destino real,
más que huir de una talla.
Los kilos, como la gente
que juramos olvidar,
regresan.
Te envuelven,
son sábanas que conocen tu frío.

Hervís agua,
añadís jengibre, limón,
ajo en ayunas.

Frotás alcanfor en la piel,
como si pudieras arrancar el peso,
helarlo y desprenderlo.

Buscás en el espejo
una belleza que nadie ve,

pero a veces, vos sí.

A veces,
cuando no te exigen
perder cinco kilos
para empezar a existir.

Ellos miran otra cosa,
ven su miedo.
Pero vos sabés:
los kilos siempre vuelven.

VIDA EN CAJAS

Se torna rutina revisar el armario
volcar cartones,
toparme el arrullo de
la abuela en bufandas de seda;
pedirles consejo a las camisas
de papá, hallar su voz en corbatas
y dialogar con botones,
para decirle al plástico
lo que él no alcanzó a escuchar.

Provoca cerrar la puerta,
rebatir mamelucos,
esperar aún guarden balbuceos
del bebé vuelto hombre demasiado pronto.
Entonar el primer llanto fallido
del que no pudo.
Llorar lo viejo, con lágrimas nuevas,
enjuagar olvido y guardarlo.

¿Cómo no iba yo a invocarme?

Si aún estoy escondida entre
ropa de hace tres tallas.
A veces busco la juventud
en minifaldas y vestidos,

pruebo si alcanza un brazo
o suben cremalleras al arrastrarme
en el suelo con muslos presos
de mezclilla.

Meterme entre las costuras es
vencer el peso del tiempo
acumulado en mis caderas;
es ritual de desmorir,
mientras blusas recién compradas
se ahogan en celofán
sin fecha de estreno.

Amarro hilos sueltos
para que no escapen por la acera
sin llevarme.
No quiero estar sola
con el presente,
ni limpiar el armario
para reanudar la vida
donde olvidé como hacerlo.

DESENCUENTROS

Soy casa
desordenada por el viento.

                                        Voy y vuelvo.

Recuerdos drenan por la ducha
al lavar mi cabello.

                                        Voy y vuelvo.

No hay nadie tras estas pupilas,
estoy de vacaciones.

                                        Voy y vuelvo.

Mastico memoria envasada,
olvidé mi dosis.
¿Cuándo me fui?

                                        Voy y vuelvo.

Hay una mujer diminuta
en mi cráneo,
 ya no habla,
ha de estar muerta.

LECCIÓN DE ANATOMÍA

Estrené los senos sin manual
de usuario
y bajo sentencia.
Entonces lo   supe:
dejé de ser gente.
Me convertí en carne
habité entre otros con todos
mis kilos,
ahora vuelta piezas
en ciudad empachada
de mil otros
                cuerpos.

Estuvo prohibido jugar en el lodo,
colgarme de muros,
relajar la p a n z a.
Presa de medidas
y normas ajenas
yo ya no era   niña.
Merecía castigo
por estar forrada
entre dos caderas;
yo no las pedí, se movían solas.
Debía
          di
              sol
                  ver
                      las

era mi sentencia por adolecer
y no ser muñeca
    de hule
                tallado
—dominio de todos—
juguete en rebaja
de quien se le antoje
comprarlo, juzgarlo
o incluso   perderlo.

Besaba con lengua
atada del miedo
a ser desperdicio
en colchón
 extraño,
sin quien me reclame

sin nombre;
            ser un simple cuerpo.

28

EPITAFIO

No me mató,
pero me mostró lo que es
la muerte.

PACTO DE SANGRE

Bonita, has pedazos tu espejo
Luis Alcaraz

Perdoná, madre.
Perdón si te enseñaron a rendir
tu alegría ante el dominio del dios báscula.

Perdoná, amiga, si nos obligaron a arrodillarnos frente a la
delgadez,
a entregarle las vísceras y también el alma que se exprime
como zumo de culpa por la garganta.
Perdoná, si debiste moldear la carne cruda entre tus huesos
y trasquilar la inocencia
hasta alcanzar hormas impuestas.

Perdoná, niña, si quisieron plantar
flor carnívora en tu pecho
hambrienta de elogios a una cintura estrecha
tan aferrada al esqueleto como para asfixiar la humanidad
que aún jugaba a las muñecas bajo tu piel.

Perdoná, madre, niña, mujer que llorás al levantar
piezas rotas de belleza que encontrás frente al espejo
y te han dicho que no es suficiente.

Perdoná porque al sellar la adultez con pacto de sangre,

le entregamos la vida al miedo heredado
que macera bajo la lengua
para continuar el ciclo de convertirnos
en enemigas de nuestros propios cuerpos.

LABIOS ROJOS

A Celina Moncada
In Memoriam

Me pinto los labios de rojo, Celina,
como vos sugeriste.

Se ha vuelto máscara el rojo,
limpia las cenizas de mi cara
con inquietud de hormiga y
vuelo de escarabajos.
Mi boca se convierte en incendio heredado,
atrinchera el miedo
cuando intento reparar el arcoíris
        roto de mis vértebras
y escapar del escondite que excavé bajo las sábanas
para no macerar tristezas
como vos me aconsejaste.

Celina, la calle aún me traga con su garganta honda,
noche que no es noche
y se vuelve aliento pantanoso.

Yo me adentro en su boca.

Voy blindada de cárcamos.
Los labios rojos no son sino otra forma
de besar las sombras
porque el rojo no teme la noche,
expulsa la polilla que me deshace
y sigo viva
y sigo encontrándome.

No voy sola,
me acompañan mujeres,
como vos, Celina,
que han dejado palabras enredadas
en acacias. Me hallan en el camino
nos volvemos hermanas
      de voz carmín,
que buscan ser leídas como diario loco, epigrama de coraje
en un mundo que quiere lapidar nuestros pasos.

Por eso me pinto los labios, Celina,
me conjuro a mí misma
al trazar mi corazón en la boca, latir historias
como vos lo hiciste; vuelvo a ser cada mañana,
ciclo de fuego, al portar tu herencia,
el uniforme de nuestra milicia.

CORTE HORIZONTAL

Yo que me hice mujer
abrigada de mí
naúfraga asidua en lagunas mentales,
no sé protegerme del opio de mis sueños
ni enclaustrarme en moldes
para ganar sonrisas.

No encajo en la palabra madre.

Acepté cargar el peso de dos almas
en mi esqueleto medio remendado,
esperé que el primer llanto
llenara mis pechos de leche
y viniera también con el switch
de ser inmortal
para no dejar a medias
este deber,
como he hecho con todos los demás.

Creía que el título materno
borraría mis fallas
y me volvería rosa o ángel
—como dicen los poemas—
pero seguí siendo la misma:
cactus ensangrentado
de quien lo toca.

Sentí las punzadas que
propicia la tierra cuando llama
a un nuevo inquilino a residir.
Me partieron en dos como granada madura,
siete capas de tejido, tirones, ardor, jalones, músculos
contraídos,
esqueleto e x p a n d i d o. Mis abismos revelaron
ese grano
            rojo y tierno
que había decidido duplicar mi rostro.

Fui mar tibio de medroso
amor que aún
flotaba por mis huesos,
ahora era casa vacía.

Vacía de la mitad de mi sangre
vacía de besos sanadores

vacía del trozo más valioso de mi cuerpo
llena de las veces que culpé a mamá por sus faltas
llena de las veces que ella culpó a la abuela
por morir tan pronto,
llena de maternidades inconclusas
que no supieron hilar en mí
            el perfecto
gen de madre.

Yo, apenas viva,
sentí a mi hijo estrecharme los dedos.

El miedo hería mi vientre recién zurcido
al saber que lo entregaba al mundo
y debía enseñarle
a vivir sin mis errores.

38

SOPAPOS

1.Mis piernas,
andaban con los pasos atornillados
al cuero negro de mis zapatos
ortopédicos.

Armadura inútil para
dolores del crecimiento.

Las niñas querían ser muñecas vestidas de azul,
yo era marioneta
en búsqueda de universos
sobre bancas de recreo.

2.
Intentaba jugar
    (sopapo)
acercarme
    (sopapo)

un pie primero
enredaba el otro
        (sopapo).

Correr parecía fácil,
        (sopapo)
pero no lo era para mis
fracciones de huesos chuecos.

3.
Invocaba compañía
de seres imaginarios;
vivían en hojas de almendros
y pelusas voladoras.

Quería su cósmico camuflaje
hecho de v i e n t o,
que no dejaba mordiscos de vergüenza
por baldosas
ni el lodo crujiente en boca
que espantó la inocencia.

Aguanté caídas
para esperar esa adultez
que ahora quiero devolverle
a los años.

4.

Peligro era levantarme:
arriba
      impulso
            un   paso
                  (sopapo).
¿En cuál ladrillo habrá quedado
mi infancia?

5.

Cada mañana forraba el
pasillo rojo del colegio
con fibras de codos y encías.
Empachaba mi boca de sangre y cuerpo
sobre huellas grises.
Para ser anónima,
dejaba diluir mi paso por el mundo
entre olvido y roces de lampazos.

EL HOGAR DEL DAÑO

Saben regresar,
dijo la gitana
y trazó la grieta en mi mano.

Pensé en las que faltan,
en las que aún buscamos y
que nadie encuentra.
Nombres sin peso que flotan
y llenan la casa, el espejo,
la orfandad del sitio
donde son ausencia.

Creí que vendrían,
pero no lo hicieron.

Hablaba de heridas,
y de su costumbre
de volver al cuerpo.
El tiempo no tiene orillas
para contenerlas;
vuelven como olas,
como si a su casa,
como si el dolor
dijera su nombre y ellas lo siguieran,
una y otra vez,

sin ningún descanso.

¿Por qué el dolor no trae
todo lo que reclama?

ESTRUENDO

Para las que no lograron regresar a casa.

Esta noche brama el viento,
la está buscando.

Es toque afligido en la puerta
vuela el silencio de ciudad que duerme
mientras la ausencia rasga el colchón
de una mujer que hace meses
no llega a casa.

Vendavales   van
     y regresan
vacíos.
Golpean el lomo pegajoso de las calles,
remolinos de polvo y hojarascas
levantan rótulos que revisten avenidas
desde hace tanto tiempo.

Sus facciones empapadas de sol,
se borran,
son paisaje de papel y tinta negra
entre colores de ciudad.
También se borran las sílabas de su nombre
y el grito soterrado bajo brochazos de vidas
que siguen sin ella.

El aire cruza la ciudad apática,
agita una vela frente el altar
de la madre
que no pudo sellar más cruces
en la frente de su hija.

La llamarada, danza de ritual divino,
quiere alborotar el cosmos,
alumbrar el retorno de un milagro pendiente.

EL ARTE DE BORRARNOS

Ellas nos acechan con la mirada,
quieren que las veás:
la mujer en el dibujo,
tras el gran nombre del artista,
como apellido de casada.

Sonrisa suspendida,
perla en el oído,
a través del cristal, el alma
espera
que alguien la encuentre.

No se reconocen,
no les dejaron hacerlo,
y la guillotina estaba lista:
les arrancaron la cabeza,
—siempre nos quitan la cabeza—
la cuelgan sobre una pared
y cierran la puerta. Oculta tras matices
y pintura ocre,
la eyaculación de color,
mancha de aceite en la sombra doblada
sobre huesos
demasiado débiles para ser sostenidos
por un Fibonacci.

Una sonrisa con un año, y otro, y otro
encaramado,
y el nombre que le pintan:
amante, prostituta, Lisa,
la mujer del arete o del pájaro.

Nombres sin nombre,
sin firma, nunca firman,
y un brillo breve,
como el de una lágrima
que no se atreve a caer.

49

ESPEJO

Ver mi reflejo
es buscar compañía.
Estoy desnuda ante
mis ojos,
somos dos heridas
que sanan lentamente.

CAMINOS

Mi esqueleto gime
cuando lo pisan.
Es suelo de tablas,
rechina viejos pasos.

51

HEREDAR EL FUEGO

Mi abuela sabía conjurar mi sonrisa con monedas,
las guardaba en el brasier
para no espantar al marido.
Heredó el derecho
a guardar centavos y silencio,
a escapar de furias inflamables
con juegos de miradas y gestos.

Los esposos también heredan miedos:
temen vuelos de hechiceras,
jaulas abiertas,
voces de mujeres
que manchan apellidos
cuando suenan más fuerte.

Nos llamaron brujas,
nos ataron a estufas junto a la sopa.
Cuidar el fuego y temerle
fue el oficio impuesto.
Derramar el enojo como desborda la leche,
siempre callada,
erupción que se limpia
y se sigue hasta ebullir de nuevo.
Tallaron debilidad en nosotras,
zurcieron nuestras manos a sus cuerpos,
inventaron la fealdad y sus tallas.

Vida al precio de un anillo.

Mi luz, fuera de sus sombras,
impide erecciones,
y todo es mi culpa.

Rozan, rozan, rozan de noche,
nos bautizan suyas
con hemorragias e hijos.
Duele, duele, duele,
su voz penetra ahí,
cáscara de pesadillas,
estrangula poemas en mi garganta.
La hoguera se apaga entre mis muslos,
me finjo dormida:
si no respiro, los latidos callan,
me esconden. Escapo de la noche
bajo una sábana.

Finjo gemidos,
finjo no temer mortajas
ni incendios,
finjo no temer las bolsas donde cabe mi cuerpo,
finjo no temer mis pasos.
Huyo, rescato mi nombre.

Mi abuela huyó de combustiones,
llenó su sostén de migajas.
Murió con apellido prestado
y cartera vacía,
frigor mortis en la piel
cuarenta años antes de fallecer.

Yo me hice bruja,
para vengar su cuerpo.

AGRADECIMIENTOS:

A Gaba Romualdo y Óscar Páez, por su maravilloso y desinteresado trabajo por el arte y la literatura a través de Periódico Poético. Por permitir que la difusión de esta obra fuera posible.

A Sergio H. García, por su acompañamiento y la enseñanza compartida a lo largo del proceso
creativo de estos poemas.

www.ingramcontent.com/pod-product-compliance
Lightning Source LLC
Chambersburg PA
CBHW071249130726
47998CB00003B/1116